W0238795

Le LIVRE de POCHE

Jeunesse

DU MÊME AUTEUR DANS
Le Livre de Poche Jeunesse

Agrippine en famille
Agrippine et les copines

Les planches présentées dans cet ouvrage sont extraites des albums
Agrippine
Agrippine prend vapeur
Les combats d'Agrippine
Agrippine et les inclus

DE CLAIRE BRETÉCHER

CLAIRE BRETÉCHER

Agrippine
bosse dur

HACHETTE
Jeunesse

Au boulot

HAÏKU

c'est pour qui?
PPP

HAÏKU

PLIS

souffle... pousse... tire... détends... serre... souffle...
c'est nul zéro bon

PEÏS
tout le monde au saut... à petites foulées... on souffle!
tu n'as pas vu les 4C2 qu'est-ce qu'il y a ça ne va pas
je suis nulle en corde d'ailleurs je suis nulle en tout
mais non, il paraît que tu es giga forte en anglais et en dessin... le reste c'est comment?
moyen
bon alors si tu es sur le pli seulement en corde y a pas de récif
pousse ta grosse bouche baveuse

je suis sur le pli
en corde
et en amour
BRETECHER

BRIMADES

Ça ne vaut pas plus et encore c'est cher payé

vous n'avez rien compris a
est la plus nulle que j'a

mais pourqu
Flaubert a di

oman d'ailleurs cette classe
ue en quinze ans de carrière
oh cool

avez-vous souligné en rouge:
"Monsieur Bovary c'est moi"?
BRETECHER

bavure

madame vous avez mis 15 à Transi Macdo et 1/2 à moi...
...alors que j'ai tout pompé sur lui c'est injuste !
oui mais Transi Macdo a choisi le 1er sujet : "Les ressources naturelles de l'Asie Centrale"

bavure

et vous le second : "l'évolution de la forêt amazonienne"
BRETECHER

LA VOIX DU SANG

et tu as du rouge à lèvres ROSE...
trop oinche!
et ce sac en peau de saucisson enfin maman...
Agrippine je sens que tu vas m'énerver
ptain voilà ma classe... vite, enlève ces créoles nulles

eh c'est la meurh d'Agrippine
la meurh d'Agrippine?
où ça?
la fmeuh là?
fais voir
eh Agrippine... t'as pas vu? y a ta meurh
vous êtes sûrs?
Agrippine ta meurh est là
bonjour mon bébé d'amour... bien travaillé aujourd'hui pour faire plaisir à sa maman?

ne t'inquiète pas je ne serai pas en retard pour notre gros câlin du soir
fais pipi et lave-toi les mains avant de goûter avec ton nounours à tout à l'heure chouchou bonbon

dis donc... ta meurh elle assure !
ouais cool
la mienne oserait jamais me parlemane sur ce ton... elle aurait trop les boules de mon avocat
c'est la beuth ta meurh
ou que je me suicide
t'as de la choune avec ta meurh
elle t'a déjà filé une baffe ?
peut-être
c'était comment ?

LA FILLE DU PROLO

L'EXPRESS
LE PRIX D'UN FONCTIONNAIRE
l'événement du jeudi
LES PRIVILÉGIÉS
maman j'ai besoin d'un mot d'excuse pour demain matin
en quel honneur?
tu as un contrôle de maths demain?... des peines de cœur..., une histoire de rackett?
non non non
après la cantine on a décidé de tous se montrer les bulletins de salaire de nos pères
BRETECHER

Les devoirs

LA BAMBA

babala babala bala bamba
tais-toi
babaha se necesita y alliba y alliba
TAIS-TOI JE LIS
yo no soy malinelo, pol ti sélé, pol ti sélé
BIRON TAIS-TOI
una poca de glacia soy capitán soy capitán
TAIS-TOI TU CHANTES FAUX ET QUAND ON EST À CÔTÉ DE TOI ÇA CRAINT

moi je suis à côté de toi et tu pues
RRRRRRR RRRRRR
t'inquiète... tu l'auras ta demi-livre

oui ... non ... pour le cours d'espagnol?
une fiche de lecture sur quoi ... les paroles de la Bamba?
HHHAN
j'avais complètement oublié
pour demain matin ... tu les connais, toi, les paroles ... tu as la cassette? moi non plus
HHHAN

chante
BRETECHER

DÉPANNAGE

maman dit qu'il faut que tu me fais réciter ma dictée à préparer
ptain faiche ça commence
TOP MODEL
bon, alors: la Charcuterie Italienne...
la Charcuterie Italienne est un des produits remarquables de la pinsule
PÉ-NINSULE !... moi j'ai su lire à 2 ans
tout à l'heure y avait marqué pinsule
tu en veux une?
SI C'EST VRAI
PFFÜÜÜ... et on continue: avec ses succulents...
avec ses succulents...
boudins
boudins et ses jambons en fleur e
EN FLEUR DE SEL
tu ne sais pas un mot de ce texte
si je le sais HYPER
boudins... e... jambons en fleur de sel qui enchantent... qui enchantent...
qui enchantent quoi?

e... le château...
le palais
QUI ENCHANTENT LE PALAIS DU GOURMET TRANSALPIN
TU N'AS RIEN FOUTU
mais pourquoi est-ce que je m'esclabe le groin avec ce moul nul... il ne peut pas faire son school labeur seul comme les gens normaux?
et toi et toi chaque fois que tu as un exposé il faut que papa appelle le président de la blicpuré
mais qu'il est bête ce nain! tout le monde sait que le président de la blicpuré connaît rien à rien
tu es sûre mon bébé?
au fait Poupoute j'ai choisi le sujet de mon dossier turcul: "la Charcuterie Italienne dans l'Art"
brillant
sais-tu que tu es géniale mon amour?
oui
dis donc, pour mon dossier crois-tu que ton pote le ministre de la Bouffe Européenne m'diderait... je veux dire t'aiderait...
...si tu lui demandais gentiment?
BRETECHER

AU BAGNE

qu'est-ce que je bosse !
qu'est-ce que je bosse mais qu'est-ce que je bosse !
mais qu'est-ce que je bosse mais qu'est-ce que je bosse !
Ptain mais qu'est-ce que je bosse, ptain qu'est-ce que je bosse !

mais qu'est-ce que je BOSSE mais qu'est-ce que je BOSSE ptain ptain ptain !
je crois que je vais crever à force de bosser
cesse de dire que tu bosses et bosse !... si tu bossais tu bosserais

AU BAGNE

Le bulletin

LE CARNAGE

5½ en british... mon père va m'exploser la tronche
ils sont galère tes biomanes?
mon père si j'ai pas la moyenne il vire séropo
et ta mère?
elle va me cueillir par la frite et me collapser raide
c'est Biribi!
c'est Tataouine!
et lui va me trouer en huit et me massacrer la tête... lundi j'ai plus une dent
c'est Auschwitz
en plus pas de télé pas de glaces pas de siflard pas de bonbiques
c'est le Sahel
si tu veux je t'apporte la mange
si tu veux je te cache chez moi

non... c'est sur le pli... je trouille... touchez mes genoux
demain je te phone discretos
vas-y au secours vapeur
salut
pape... j'ai 5 1/2 en anglais
tu pourrais faire un effort Agrippine
ouah... la prof est sous-ex d'ailleurs l'anglais ça sert à rien
et puis j'ai 12 en géo
so don't be cruel pouté

CANTIQUE

7 en allemand
le prof d'allemand est chronique... même Kacem le Moël n'a eu que 12
alors qu'il est giga fort.. l'un de ses demis est allemand et ils habitent tous les deux chez son père
pareil il n'a eu que 11½ en anglais alors qu'il est faux-demi avec Moonlight Mollard qui est anglaise par sa mère
et toi: 6 en anglais
Chlorine Bankrut a eu seulement 10, elle a deux demis américains et elle y va tous les week-ends
la prof d'anglais est totale déprime parce qu'elle est 258ème en liste d'attente pour la fécondation in vitro
je le sais parce qu'elle habite sur le même palier que le double de Bergère qui fabrique des trompes en silicone enrichi pour l'hôpital de Clamart

le double?
le double-demi quoi..., le frère
ah bon... et 6½ en maths?
l'ex-beauf de Bergère est agreg de maths... tu sais celui qui est chôme... elle va le voir au square pour ses devoirs mais ça vaut peanuts parce que le prof est aigri
9 en français!
le prof est séropo
d'ailleurs Rouge-Gorge de Cossé-Balzac n'a eu que 11 alors que son demi-double écrit des encyclopes
demi-double?
maman... ce n'est pas pour critiquer...
...la famille one-mariage peut-être que c'est looké mais honnêtement, c'est douleur pour les études
BRETECHER

ZERO ET DEMI

ÊÊÊÊK
oik?
"Redoublement conseillé ou passage dans l'enseignement technique ou professionnel"
pas grave ça, c'est normal... c'est juste que j'ai rien foutu
mais le technique... le technique c'est pas une solution !... il faut bien avoir son bac un jour ou l'autre
benaa ça sert à rien
je ne peux pas te mettre dans le privé c'est contre mes principes
y a même pas de bus direct
le technique

ma fille dans le technique !
ma fille dans le technique
la mienne
MA FILLE
MA FILLE DANS LE TECHNIQUE ?
on fait quoi dans le technique ?
oh je vais te coller à l'Assomptio
moi ça va être vite fait...
messe tous les matins à 7 heure
crois-moi tu l'auras ton bac
pourquoi pas un BTS ?
un BTS
ma fille un BTS
tiens : un BTS de top model
BRETECHER

STANCES

j'ai failli avoir les félos
enfin...
en tous cas j'ai failli avoir le tableau d'honneur
j'ai failli avoir la moyenne en maths
j'ai la moyenne en dessin

j'ai 14 en gym
oui bon d'accord
en anglais c'est pas de ma faute si la prof a encore raté sa fécondation in vitro
j'ai failli ne pas avoir d'averto conduite
dans toute l'année j'ai même pas eu 100 heures de colle

alors quand même !

Les petits boulots

SPORTS

figure-toi je babysittais pour une bourge qui a un petit 300 m^2 au 9ème étage d'une cabane pourave dans le 16ème
et alors juste comme je reviens de l'espace-jeux avec le gniard TOUS les ascenseurs en panne
TOCSIN SIMONE...
j'appelle la duchesse je lui dis "les baudruches décollent pas" tu sais ce qu'elle me répond ?
mais enfin montez à pied Agrippine quoi merde !
à pied ?... mais j'ai pas mes reeboks
mais enfin montez en Westons Agrippine... c'est quand même pas la mort !

pas la mort... avec des Westons et un moul qui pèse 3 tonnes?
y en a qui se font pach
alors je suis montée et crois-moi, 9 niveaux trottignolle c'est pas de la daube
MAIS OÙ EST PALMYRE?
en bas pourquoi?
cool man!... aussitôt que c'est réparé je descends la chercher
alors cette nature a pris vapeur, elle a mis ses reeboks et elle est descendue elle-même
eh ben elle a refusé de me casquer mes 3 heures... tu connais pas un avocat?
BRETECHER

LE BOULET

c'est ma copine Coco qui demande si tu baby-sitterais ce soir
BABY-SITTING CE SOIR
ouais bonjour
ouais
vous payez combien?
ouais... c'est tout? je préfère plus... et les deux taxis... OK
ouais
vous avez un grand écran... quelle marque? ouais
giga!
une antenne parabolique? vous recevez combien de chaînes? nooon?
GIGA

et si tout est nul
sur les 45 Chaînes
vous avez quoi
comme videos? ouais...
giga!... et je peux
me servir
du minitel:
oh n'importe quoi:
du saucisson sec, des chips
des corniches russkoff...
vous avez des cônes?
ouais...
des marsh
et des tagadas...
n'importe
quel
parfum
sauf
fruit
de la
passion
biberon?
eh... j'avais oublié.
j'ai un contrôle
de maths
demain matin
ouais
désolée
alors
ça marche?

ALORS ÇA MARCHE ?
non eh c'est galère... il y a un môme
BRETECHER

Grosse fatigue

PROTOCOLE

il y a des jours où il n'y a plus qu'ā bouffer du temesta en maudissant son karma
ça veut dire quoi karma?
destin
si ça veut dire destin y a qu'ā dire destin c'est pas dur
Agrippine tu m'énerves

le karma c'est le destin déterminé dans tes vies futures par les actes de tes vies antérieures... exemple: si tu ranges ta chambre de temps en temps...
... tu as une chance dans une vie future d'habiter un somptueux palais
giga
sauf que j'ai aussi une chance de devenir femme de ménage c'est peanuts comme karma
tu m'énerves

PROTOCOLE

donc tout peut se retourner contre moi donc le mieux est d'en faire le moins possible
va ranger ta chambre un point c'est tout
17.00
je vais mettre deux piles dans le karma d'Agrippine
BRETECHER

LENDEMAINS

pourquoi le monde est-il gluant, putride et obscène?
Comment?
non rien
pour mà c'est top ras tout me prend vapeur j'en n'ai plus remous de rien
Comment?
non rien
j'arrive pas à organiser le joint venture avec moi-même
Qu'est-ce que tu dis?
rien
si tu ne dis rien alors tais-toi
meuh

je parle de mon futur donc il est normal que que tu en aies peanuts à traire
Comment devenir riche et célèbre pour les faire tous vraimenche ?
bosse
je veux dire à part bosser évidemment
je n'ai aucun don... à mon âge Mozart était déjà mort et Picasso... euh... de toutes façons il était nul
il n'y a pas que les dons artistiques... tu peux avoir... je ne sais pas moi... celui du commerce
Combien tu me donnes si je vide le lave-vaisselle ?
des nèfles

et voilà
l'avenir est sur le pli pour nous les jeunes
oh les jeunes les jeunes !
ÔÔÔ LES JEÛNES LES JEÛEÛNES
Agrippine ne me pousse pas à bout
à quel bout ?
non rien
C'est vrai à la fin ça veut dire quoi les jeunes ?
prends Caresse Benchemoul ou Moonlight Mollard ou Soledad Rognon ou Kelly Pocrizzi
ou Psyché Chia
ou Modern Mesclun ou Kacem le Moël ou Morphée Naumann ou Fenouil le Glocq ou Elvis Mimine

eh ben ils sont tous vachement différents comme connerie et c'est pas pour ça qu'ils ont un avenir !
à ton âge je faisais Pigier en cours du soir et le jour je vendais des fringues
scoop
parfaitement et ton père a payé ses études en faisant des...
LIVRAISONS !!!
re-scoop
très drôle !... en tous cas nous nous en sommes sortis
giga
ça rassure
BRETECHER

Biographie de l'auteur

Née à Nantes en 1940,
Claire Bretécher commence sa carrière
de dessinatrice de bandes dessinées en 1963,
sur un scénario de René Goscinny (*Le facteur Rhésus*).
En 1969, pour l'hebdomadaire Pilote,
elle crée le personnage de *Cellulite*,
princesse en mal d'amour qui signe le style très particulier de son auteur :
l'humour, la caricature, un faux débraillé savamment étudié
et un travail époustouflant de réinvention du langage.
En 1972, définitivement installée dans le monde de la BD adulte
alors en pleine création, Bretécher fonde
L'écho des savanes avec Gotlib et Mandryka.
L'année suivante, Claire Bretécher fait son entrée
dans le Nouvel observateur où se succèderont
Les Frustrés, *Les Mères*, *Docteur Ventouse*,
et *Agrippine* (1988).

TABLE

Imprimé en Italie par G. Canale & C.S.p.A. - Borgaro T.se (Turin)
Décembre 2001 - Dépôt éditeur n° 17802
32.10.1908.6/02 - ISBN : 2.01.321908.3
Loi n° 49-956 du 16 juillet 1949 sur les publications destinées à la jeunesse
Dépôt : décembre 2001